AF313549

Vente du Mercredi 4 Mai 1870

COLLECTION

DE FEU

M. LE BARON HENRY FAGEL

dernier greffier des États-Généraux,
ancien ambassadeur des Pays-Bas, à Londres

VINGT-QUATRE
TABLEAUX

DES PRINCIPAUX MAITRES

HOLLANDAIS ET FLAMANDS

EXPOSITIONS :

Particulière	*Publique*
LE LUNDI 2 MAI 1870	LE MARDI 3 MAI 1870

DE UNE HEURE A CINQ HEURES

Mᵉ CHARLES PILLET	M. FEBVRE,
COMMISSAIRE-PRISEUR	EXPERT,
10, rue Grange-Batelière.	14, rue Saint-Georges, 14.

CATALOGUE

DE

VINGT-QUATRE

TABLEAUX

DES PRINCIPAUX MAITRES

DES ÉCOLES

HOLLANDAISE ET FLAMANDE

VENTE

HOTEL DROUOT, SALLE N° 8

Le Mercredi 4 Mai 1870

A TROIS HEURES PRÉCISES.

Par le ministère de M° **CHARLES PILLET**, Commissaire-Priseur,

10, rue de la Grange-Batelière,

Assisté de **M. FEBVRE**, Expert, rue Saint-Georges, 14,

Chez lesquels se trouve le présent Catalogue.

EXPOSITIONS
{ *PARTICULIÈRE* : le Lundi 2 Mai 1870
PUBLIQUE : le Mardi 3 Mai 1870

DE UNE HEURE A CINQ HEURES.

CONDITIONS DE LA VENTE.

Elle sera faite au comptant.

Les adjudicataires payeront *cinq pour cent* en sus des enchères.

LE CATALOGUE SE DISTRIBUE :

A PARIS

Chez MM. CHARLES PILLET, commissaire-priseur, rue de la Grange-Batelière, 10.

A. FEBVRE, expert, rue Saint-Georges, 14.

A L'ÉTRANGER

Bruxelles, chez MM. *Étienne Leroy*, expert du Musée, place du Grand-Sablon.

— *Héris*, expert du Musée, rue Spar, 80.

Londres, *Colnaghi*, Pall-mall East.

Berlin, *Lepke*, Unter den Linden, 4.

Vienne, *Kaeser*, 2, Bogner-gasse.

Amsterdam, *Schouten*, Prinsen-gracht.

Cologne, *Bourgeois*, expert en tableaux.

PARIS. — Imprimerie PILLET fils aîné, rue des Grands-Augustins, 5.

Les Tableaux provenant de la Collection de feu
M. le baron de FAGEL, bien que peu nombreux, se
composent d'œuvres remarquables.

Des maîtres de premier ordre des écoles hollandaise et flamande y sont représentés : Jean Both
par un splendide et ravissant paysage, belle contrée
de l'Italie dominant un golfe vaporeux. Albert Cuyp
par une œuvre non moins remarquable. Ses *animaux
au repos* nous montrent la nature prise sur le fait,
simple, naïve, et interprétée de cette manière savante qui, seule, lui appartenait.

Jacques Ruysdaël, avec son paysage qui a pour
titre : *Le Torrent*, nous transporte dans un site
poétique de la Norvége, où, tandis qu'il laisse dans
l'ombre une route montueuse et quelques cabanes,
il éclaire soudain, d'un vif rayon de soleil, le haut
d'une colline et les ailes d'un moulin près duquel
passe un voyageur.

Jean Wynants, nous offre un de ces brillants
terrains éboulés auprès duquel se reposent des
paysans, tandis que d'autres, au loin, regagnent
la vallée.

Le *Coup de fusil* de Philips Wouverman, scène

délicieuse que tout chasseur comprendra, est une composition spirituellement interprétée.

Le *Savant dans son cabinet*, par Gérard Terburg, est une œuvre d'un mérite réel. Les *Fleurs* et les *Fruits*, de Jean Van Huysum semblent défier, par leur beauté et leur fraîcheur, ce que la nature peut produire en ce genre, de plus gracieux et de plus parfait.

A côté des toiles et des panneaux de Brecklenkamp, de Lingelbach, de Rachel-Ruysch, Uppink, Georges van Os, Canaletto et Pierre Bloot, trois tableaux de Léopold Robert, de Robert Fleury et de Leys apportent un nouvel intérêt à cette collection dont ils complètent l'ensemble.

Avons-nous besoin d'ajouter que, comme dans toutes les anciennes collections hollandaises, les tableaux de M. le baron Fagel sont encore sous leur vieux vernis et dans un état parfait de conservation.

A. FEBVRE.

DÉSIGNATION DES TABLEAUX

BERCHEM

(NICOLAS)

1 — La Chèvre blanche.

Elle broute au milieu de chardons et de larges plantes; près d'elle est un hêtre; derrière l'arbre, arrive une autre chèvre aux poils gris; le fond à droite est occupé par de hauts rochers; sur l'un d'eux est assis le chevrier, vu de dos. Au loin, à gauche, s'élèvent des montagnes.

Ciel nuageux avec éclaircie de soleil.

Cette œuvre, bien que largement peinte, est d'un fini précieux.

Signé en toutes lettres, au bas, à gauche.

Toile : Haut., 68 cent.; larg., 80 cent.

BLOOT

(PIERRE)

2 — Intérieur de village.

A la porte d'une auberge qui occupe la droite, sont des paysans attablés et un joueur de vielle entouré de quelques enfants ; le maître de l'auberge, appuyé sur une demi-porte, regarde le musicien ; plus loin, près d'une autre auberge, est une réunion de buveurs ; l'un d'eux est indisposé ; dans le fond, à gauche, on voit quelques villageois devant une cantine ambulante ; plus loin, des chaumières entourées d'arbres.

Peinture d'un faire large, types vrais, effet harmonieux.

Bois : Haut., 37 cent.; larg., 54 cent.

BOTH

(JEAN, dit BOTH D'ITALIE, figures par ANDRÉ BOTH)

3 — Paysage : Site italien.

OEuvre splendide du meilleur faire du maitre.

En avant à gauche, au milieu de broussailles et de larges plantes, s'élèvent des arbres majestueux dont les cimes se détachent sur un ciel brillant ; sur une route, à droite, bordant un golfe, sont arrêtés trois muletiers ; cette route montueuse passe derrière les arbres et serpente au bas d'une chaîne de montagnes qui dominent le golfe ; à travers le feuillage, on voit une habitation devant laquelle passe un paysan conduisant une mule ; un beau soleil éclaire cette vaste et pittoresque campagne ; à l'extrême droite, sur le bord de la mer, sont quelques baigneurs.

Signé en toutes lettres sur le dernier arbre à gauche.

Bois : Haut., 48 cent.; larg., 65 cent.

BREKELENKAMP

(QUÉRYN VAN)

4 — L'Habit déchiré.

Une ménagère hollandaise, assise près d'une cheminée, raccommode l'habit de son fils qui, debout devant elle, attend avec impatience ; sa jeune sœur, à genoux, berce un marmot ; dans le fond est un lit ; sur une chaise près du berceau, une couverture, une paillasse et un couvrepied ; plus loin, un escalier en planches conduisant à une soupente ; à droite, à terre, un balai, un chaudron et une petite table.

OEuvre consciencieuse, d'une grande lumière, parfaite de conservation.

Bois : Haut., 48 cent.; larg., 67 cent.

BREKELENKAMP

(QUÉRYN VAN)

5 — Anachorète dans une grotte.

Agenouillé, vétu d'un robe de bure avec capuchon, il écrit sur un livre ouvert, placé devant lui ; une roche lui sert de table. — Près du livre, une tête de mort, une gourde et un panier. Une lanterne est suspendue à un arbre coupé.

OEuvre digne de Gérard Dow dont Brekelemkamp fut l'élève.

Signé des initiales sur la roche.

Bois : Haut., 35 cent.; larg., 31 cent.

CANALLETTO

6 — Une Vue de Venise.

En avant, le grand canal chargé de nombreuses gondoles ; l'une, richement parée. transporte des personnages de distinction ; on voit au fond le pont qui domine le Canaviggio ; à l'encoignure du quai, est l'église de San-Geremia ; plus à gauche, des palais.

Toile : Haut., 53 cent.; larg., 73 cent.

CUYP

(ALBERT)

HDG. 290

7 — Animaux au repos ; paysage.

OEuvre hors ligne.

Sur un tertre qui occupe le premier plan, sont deux vaches couchées : la première, vue de profil, est blanche et isabelle, sa tête est tournée vers la droite ; la seconde, à robe noire, est un peu plus loin, et vue en raccourci ; plus en avant, tout à fait à gauche, un bœuf debout se repose à l'ombre de deux arbres ; au centre, coule une rivière ; sur la rive opposée, on aperçoit un coteau et une vaste plaine qui se perd à l'horizon.

Signé en bas, à droite, des initiales.

Bois. Haut., 34 cent. Larg., 53 cent.

HEYDEN

(JEAN VAN DER)

8 — Entrée de ville et canal Hollandais.

Un pont, sur lequel passe un homme qui mène deux vaches, conduit à la porte monumentale de la ville, dont on voit à gauche les fortifications, avec avenue d'arbres ; en avant à droite, est un laveur de laine sur un ponton ; plus loin, un palefrenier conduit deux chevaux à l'abreuvoir ; le quai à droite, avec allée d'arbres, est bordé d'habitations.

Tableau de la première manière du maître.

Signé en toutes lettres, en bas à droite, sur un monticule.

Bois : Haut., 37 cent.; larg., 48 cent.

HONDECOETER

(MELCHIOR)

9 — Pigeon et ustensiles de chasse.

Sur une table de pierre, est un pigeon mort au riche plumage, puis un fusil et une gibecière.

Beau faire, charmant coloris, exécution admirable.
Signé en toutes lettres, plus bas que la table.
Exécution admirable.

Bois : Haut., 45 cent.; larg., 34 cent.

HUYSUM

(JEAN VAN)

10 — Fruits et Fleurs.

Sur une table de marbre, quatre pêches aux robes

veloutées, puis des grappes de raisins blancs et noirs, deux abricots et deux brugnons ; derrière, un melon à demi coupé ; sur le devant, près des pêches, sont des tiges de fleurs, des pavots, des oreilles d'ours, et quelques pensées.

OEuvre d'une rare beauté.

Signé Jean Van Huysum, en bas à droite.

Bois : Haut., 54 cent.; larg., 43 cent.

LEYS

(Le Baron HENRY)

11 — Une visite chez Ruysdael.

Un gentilhomme amateur, portant un large manteau fauve et un grand chapeau de feutre gris orné de plumes, est assis devant un paysage qu'il examine ; derrière, debout, un bras appuyé sur le dossier du fauteuil, la femme du maître, attentive, cherche à deviner le sentiment de l'amateur ; Ruysdaël, dans le fond, est debout ; il tient sa palette.

En avant à droite, sur un tabouret, sont quelques livres ; à terre, des cartons et des dessins ; aux murs sont accrochés un tableau, une glace, une épée et divers objets.

Bois. Haut., 44 cent. Larg., 35 cent.

LINGELBACH

(JEAN)

12 — Halte de muletiers à la porte d'une auberge.

Sur le sommet d'une montagne qui domine une belle contrée de l'Italie, des muletiers et leurs familles se sont arrêtés près d'un château en ruines, transformé en auberge ; des femmes, des hommes et des enfants sont assis à terre, les uns se rafraîchissant, les autres regardant un de leurs compagnons qui danse au son d'une mandoline ; le musicien est assis sur une table rustique ; à gauche en arrière, est un paysan dans un chariot attelé de bœufs ; à droite quelques mules aux repos ; dans le fond, deux voyageurs descendent la montagne et se dirigent vers une vallée ; soleil couchant.

OEuvre capitale.

Signée en toutes lettres, au bas à droite.

Toile : Haut., 80 cent.; larg., 95 cent.

LINGELBACH

(JEAN)

13 — Halte de voyageurs.

Un chariot, attelé de deux chevaux, est arrêté sur

une route, deux paysans en descendent, un autre dé-
bride un des chevaux, pendant qu'un de ses compagnons prépare du foin ; une bonne vieille, près d'eux,
est assise sur un tertre ; à droite est un coteau ; dans
le fond, une plaine.

Ciel bleu, avec nuages éclairés par le soleil.

Charmante composition rappelant celles de Philips Wouverman.

Signée, en bas à gauche, en toutes lettres.

Toile : Haut., **24** cent.; larg., **28** cent.

MOLENAAR

(JEAN)

11 — La Marchande d'orviétan.

Sur une estrade ambulante, soutenue par des ton-
neaux, une femme montre au public un flacon d'un
remède infaillible et un parchemin portant des attes-
tations et des cachets ; près d'elle, assis sous un para-
sol, un musicien, coiffé d'un large chapeau de feutre,
joue du violon ; des enfants et des gens de toutes
sortes, portant des vêtements grotesques, entourent
l'estrade ; un jeune filou profite de l'attention d'un
bénet pour lui dérober un gibier.

Cette œuvre rappelle au premier aspect le faire de

Craesbeck par le type des figures et aussi par la composition.

Il ne faut pas confondre ce peintre avec Jean Miense Molenaar, qui fit des scènes villageoises dans la manière de Brakenburg.

Signé en haut, sur une affiche près de la femme.

OEuvre exceptionnelle.

Toile : Haut., 1 mét. 4 cent.; larg., 75 cent.

OS

(GEORGES J. J. VAN)

15 — Gibier, Fruits et accessoires de chasse.

En avant, à terre, un oiseau mort et des coquilles, parmi lesquelles un strombe à bouche rosée; à droite, en arrière, sur un socle de pierre sont des grenades, un citron et une nèfle, puis une corbeille contenant des raisins ; près du socle, un lièvre étendu; une perdrix est attachée à un arbre ; à gauche, au fond, des ustensiles de chasse.

OEuvre consciencieuse du plus charmant effet.

Toile : Haut., 80 cent.; larg., 64 cent.

OSTADE

(ADRIEN)

16 — Musicien ambulant.

Il est représenté en buste et joue de la vielle.

Bois : Haut., 9 cent.; larg., 6 cent.

RUYSCH

(RACHEL)

17 — Fleurs sur une table.

Deux roses aux tiges épineuses, des œillets d'Inde, quelques fleurs des champs et des gueules de loup forment un charmant bouquet, autour duquel butinent un papillon et d'autres insectes.

Au-dessous de la table, à droite, est la signature en toutes lettres.

Toile : Haut., 38 cent.; larg., 30 cent.

RUYSDAEL

(JACQUES)

18 — Le Torrent.

Il coule sur le premier plan et s'étend vers la gauche ; un pont rustique le domine ; ce pont conduit à une route qui serpente au milieu d'une colline ; à mi-côte, à droite, sont des arbres coupés à la porte d'une habitation ; plus loin, à gauche, une autre habitation ; sur le sommet de la colline est un moulin à vent. Cette partie du tableau reçoit une vive lumière qui laisse le premier plan dans l'ombre ; un homme et un enfant descendent la route ; en avant, sont des rochers couronnés d'arbres ; au-delà du torrent, est une campagne boisée.

Ciel bleu, avec gros nuages poussés par le vent.

Signé des initiales, en bas, à droite.

Toile : Haut., 38 cent.; larg., 45 cent.

ROBERT-FLEURY

(1841)

19 — Erasme dans son cabinet de travail.

Il consulte un livre placé sur une table couverte d'un tapis d'Orient.

Signé en toutes lettres, au bas à gauche, sur un autre livre.

Toile : Haut., 65 cent.; larg., 45 cent.

ROBERT

(LOUIS-LÉOPOLD)

20 — Le Rendez-vous.

Un jeune pêcheur napolitain, assis sur une roche,
tient une mandoline; près de lui, debout, est une
charmante fille qu'il regarde avec tendresse.

Au fond, le golfe de Naples.

Signé en toutes lettres. Roma, 1825.

Toile : Haut., 57 cent.; larg., 44 cent.

TERBURG

(GÉRARD)

21 — Savant dans son cabinet.

Assis, il consulte un livre placé sur une table où
l'on voit une mappemonde; ce personnage, vu pres-
que de face, porte cheveux bruns longs et petites
moustaches; son vêtement se compose d'une large
robe de chambre verdâtre, bordée de rouge; un visi-
teur, portant manteau noir et chapeau de feutre à
larges bords, est debout dans le fond; sur une chaise
couverte en velours cramoisi, est couché un épa-
gneul.

Signé au bas, à droite.

Bois : Haut., 37 cent.; larg., 32 cent.

UPPINK

(H.)

22 — Fleurs et Fruits sur une table.

Ce groupe de beaux fruits se compose de pêches, de raisins, de brugnons et de prunes; derrière à droite, est une corbeille contenant des abricots et des gro_seilles; à gauche, au fond, se dresse une tige de roses trémières, entourée de volubilis.

Uppink, dont les œuvres sont très-rares, est après Van Huysum un des maîtres les plus célèbres pour les fleurs et les fruits.

Signé en toutes lettres, en bas à gauche.

Toile : Haut., 51 cent.; larg., 43 cent.

WOUVERMAN

(PHILIPS)

23 — Le Coup de fusil.

Un chasseur, descendu de son cheval, est blotti sur le bord d'un marais; il ajuste un gibier caché dans de hautes herbes. En avant, sur une route, son valet tient en bride son cheval blanc; il tient aussi en laisse un chien de chasse; plus loin, la femme du chasseur, jeune amazone, montée sur un cheval isabelle, est attentive au coup de fusil qui doit partir; dans le fond, un côteau où sont des moutons et un berger; à droite, une plaine s'étend vers l'horizon.

Ciel bleu avec nuages légers.

OEuvre d'un ton argentin; bon temps du maître.

Signée des initiales, en bas à gauche.

Bois : Haut., 23 cent.; larg., 28 cent.

WYNANTS

(JEAN)

24 — Repos de voyageurs.

Une villageoise est assise au bas d'un terrain sablonneux; près d'elle est un homme endormi. Le terrain est vivement éclairé par le soleil. En avant, est un arbre coupé au milieu de larges plantes; au-delà du terrain sont des arbres abattus à l'entrée d'un bois; à droite, une route conduit à un village qui borde une rivière; dans le fond, une plaine et des collines.

Ciel chargé de nuages annonçant une pluie prochaine.

Toile : Haut., 35 cent.; larg., 42 cent.